1 Mai 1890

99P

VENTE DES JEUDI 1er ET VENDREDI 2 MAI 1890

HÔTEL DROUOT, SALLE N° 3

FAÏENCES

OBJETS D'ART

ET D'AMEUBLEMENT

TAPISSERIES

EXPOSITION PUBLIQUE

LE MERCREDI 30 AVRIL 1890

De 1 heure à 5 heures 1/2

Me PAUL CHEVALLIER
COMMISSAIRE-PRISEUR
10, rue de la Grange-Batelière, 10

M. CHARLES MANNHEIM
EXPERT
7, rue Saint-Georges, 7

IMPRIMERIE DE L'ART

CATALOGUE

DES

ANCIENNES FAIENCES

DE ROUEN

SINCENY, STRASBOURG, NEVERS, DELFT, PESARO, ETC.

Porcelaines diverses

OBJETS D'ART ET D'AMEUBLEMENT

Éventails

Marbres, Bois, Bronzes, Cuivres, Fers, Armes, Demi-Armures
Ivoires, Terres cuites

Grands Candélabres Louis XVI

Cartels Louis XVI, Appliques, Flambeaux
Consoles Louis XIV et Régence en bois doré, Glaces du XVIIIe siècle
Cadres, Bahuts, Dressoirs, Sièges en bois sculpté
Beaux Meubles anciens et de style
Fauteuils Louis XVI couverts en tapisseries d'Aubusson

TRÈS BELLES TAPISSERIES DU XVIIe SIÈCLE

DONT LA VENTE AURA LIEU

HOTEL DROUOT, SALLE N° 3

Les Jeudi 1er et Vendredi 2 Mai 1890

à 2 heures

Me PAUL CHEVALLIER
COMMISSAIRE-PRISEUR
10, rue de la Grange-Batelière, 10

M. CHARLES MANNHEIM
EXPERT
7, rue Saint-Georges, 7

EXPOSITION PUBLIQUE

Le Mercredi 30 Avril 1890, de 1 heure à 5 heures 1/2

CONDITIONS DE LA VENTE

Elle sera faite *expressément* au comptant.

Les Acquéreurs payeront CINQ POUR CENT en sus des adjudications, applicables aux frais de la vente.

L'Exposition mettant les acquéreurs à même de se rendre compte de l'état et de la nature des objets, il ne sera admis aucune réclamation une fois l'adjudication prononcée.

Paris. — Imp. de l'Art, E. MÉNARD et Cie, 41, rue de la Victoire.

DÉSIGNATION DES OBJETS

FAIENCES ET GRÈS

1 — Grand plat creux polychrome en ancienne faïence de Pesaro : Buste de femme, de profil, avec banderole à inscriptions ; au marli, feuilles et palmettes sur un fond d'ocre jaune.

2 — Buste de femme en ancienne faïence italienne décorée au naturel ; sur la base, inscription.

3 — Très grande et très belle râpe à tabac, en vieux Rouen, à décor bleu et rouille, de corbeilles de fleurs, guirlandes et lambrequins.

4 — Grand plateau rectangulaire en ancienne faïence de Sinceny, à décor polychrome de rocailles, de cornes d'abondance, de grenades et de papillons.

5 — Grand damier rectangulaire en vieux Rouen, à décor polychrome; les côtés sont ornés d'oiseaux et d'arbustes.

6 — Huilier et ses burettes. Rouen polychrome.

7 — Très grand plat rond en faïence de Rouen, à décor bleu sur émail blanc ; motif central, dans une ceinture de rinceaux et large lambrequin couvrant le marli. — Diam., 62 cent. Cadre noir.

8 — Grande soupière ronde et couverte, en vieux Rouen polychrome à la double corne. Marque P. A. R.

9 — Assiette de Rouen, première période de Guillibaud, décor polychrome à la pagode; marli à quadrillés verts et fleurs alternés. Marque G. B.

10 — Coupe octogonale sur piédouche, décor rayonnant en bleu et rouille. Rouen.

11 — Légumier oblong et couvert, décoré en bleu; sur le couvercle, un chou émaillé vert. Rouen.

12 — Légumier oblong et couvert, en Rouen; décor polychrome à la corne.

13 — Couvercle de soupière, à décor polychrome très fin de chrysanthèmes et d'oiseaux dans le goût chinois. Rouen.

14 — Deux pots de pharmacie, à lambrequins; décor en bleu. Rouen.

15 — Plat à bord festonné, décor polychrome; au fond, une chimère, des oiseaux et des fleurs; au marli, des branches fleuries et une couronne ondulée de petites feuilles. Rouen.

16 — Pichet de Rouen, à décor polychrome, guirlandes, fleurons et rinceaux en quatre couleurs. Date, 1776.

17 — Pichet de Rouen, à décor polychrome, rocailles, œillets et grenades. Date, 1775.

18 — Soupière oblongue, avec couvercle et plateau, en vieux Rouen, à décor polychrome, dit à la corne tronquée.

19 — Grande bannette octogone et à anses carrées mouchetées de bleu; elle est décorée en bleu et rouille; au

fond, d'une corbeille, entre deux cornes d'abondance; au bord d'un large lambrequin à cartels quadrillés.

20 — Petite bannette à bords contournés, en vieux Rouen à la corne. Marque Pd.

21 — Plat long et à contours, en vieux Rouen, à décor polychrome, dit à la Pagode, avec bordure de quadrillage vert, interrompue par quatre réserves à fleurs. Marque G. L.

22 — Plat long. Rouen polychrome à la double corne, avec oiseaux et papillons.

23 — Deux compotiers à bords dentelés, décor polychrome : emblème de l'amour et bordure de rinceaux; l'un est marqué B. B. Rouen.

24 — Grand plat à bords festonnés, décor polychrome; au fond, les emblèmes de l'amour au milieu de rinceaux, de rocailles et de fleurs; bordure à fond vert et fleurons. Rouen.

25 — Plat à bords festonné, décor polychrome à figures chinoises et pagodes. Marque M. D. Rouen.

26 — Deux buires en casque, décorées de lambrequins et de rinceaux en bleu. Rouen.

27 — Vase à huit pans en faïence de Rouen, à lambrequins opposés, en bleu.

28 — Potiche couverte, à huit pans, décorée en bleu de rinceaux, de grenades, etc. Lille.

29 — Sucrier à saupoudrer, en forme de balustre, décoré en bleu. Rouen.

30 — Jolie soupière de l'époque Louis XV, avec plateau et

couvercle, en faïence de Strasbourg, à décor polychrome très soigné : bouquets et fleurs détachés, bordure d'ornements gaufrés et relevée de jaune, anses en volutes

31 — Deux porte-bouquets en faïence de l'Est.

32 — Plat ovale Strasbourg, à bords ajourés en vannerie.

33 — Grande plaque provenant d'un poêle en faïence de l'Est, offrant au centre une figure d'évêque en camaïeu violet et sur le pourtour une belle guirlande de fleurs polychrome, un oiseau et des papillons ; le bord est marbré. — Haut., 75 cent.; larg., 72 cent.

34 — Jolie buire, en casque, côtelée à décor bleu à lambrequins. Rouen.

35 — Petite coupe côtelée en vieux Delft, doré, à décor de fleurs et d'oiseaux. Marque de A. Pynacker.

36 — Cache-pot à huit pans en Delft, à décor de bouquets en bleu sur émail bleuâtre.

37 — Vase de jardin, décor bleu. Nevers.

38 — Deux bouteilles variées, décorées en bleu. Nevers.

39 — Deux petits vases piriformes, décorés en bleu. Nevers.

40 — Deux sucriers à saupoudrer, en forme de balustres, à couvercles dômés; ancienne faïence de Moustiers, à fin décor en bleu : armoiries et rinceaux déliés.

41 — Huilier, vieux Rouen, chargé de rinceaux et de fleurons en bleu et rouille, relevé de quelques touches d'émail vert.

42 — Petite jardinière côtelée, vieux Rouen, fin décor de branches de grenades en bleu, jaune, vert et rouge.

43 — Grand et beau cornet côtelé, à huit pans et à couvercle, en ancienne faïence de Delft, à décor polychrome d'arbustes chargés de fruits et de fleurs, de papillons et d'ornements variés. — Haut., 51 cent.

44 — Deux petites bouteilles à six pans en vieux Delft, à décor bleu, figures, fleurs, oiseaux et paysages.

45 — Compotier carré en faïence de Saint-Omer à fond émaillé bleu; au centre, une gerbe de fleurs; au bord, une bande quadrillée en émaux blancs, jaunes et rouille.

46 — Potiche turbinée en ancienne faïence de Delft, à décor bleu : scènes chinoises et lambrequins.

47 — Salière carrée, cantonnée de cariatides, en faïence d'Urbino, à décor polychrome sur fond blanc.

48 — Pot à eau en faïence de Delft, à large lambrequin, fleurs et oiseaux en bleu.

49 — Bouteille à double renflement, décorée en bleu. Delft.

50 — Petit buste d'homme sur piédouche carré en vieux Delft, décoré en bleu.

51 — Figurine de joueur de flûte, en faïence allemande.

52 — Deux bouteilles à double renflement, en Rouen polychrome.

53 — Bannette ovale à anses, à festons de fleurs polychromes. Rouen.

54 — Huilier, vieux Rouen, fin décor à la corne tronquée.

55 — Dix pièces : plat, assiettes, petits vases, etc., en faïence.

56 — Grand plat en ancienne faïence de Rouen décorée en

camaïeu bleu : au centre, écusson timbré d'une couronne de marquis, soutenu par deux griffons et entouré de trois guirlandes concentriques de rinceaux, fleurs et palmettes.

57 — Plateau rond en ancienne faïence de Lille décorée en camaïeu bleu : au fond, paysage dans un encadrement de draperies, lambrequins et fleurons à la Bérain; au marli, lambrequins à quadrillages et palmettes.

58 — Deux vases piriformes en ancienne faïence de Nevers ; décor de branches fleuries émaillées blanc sur fond gros bleu; monture en bronze.

59 — Compotier en ancienne faïence de Delft décorée en camaïeu bleu : paysage chinois.

60 — Deux petits plateaux lobés à anses et sur piédouche, en ancienne faïence de Delft décorée en bleu, rouge et or, de fleurs et oiseaux dans le goût japonais.

61 — Petite aiguière à pans, munie d'une anse, en ancienne faïence de Delft, à fleurs polychromes et dorure.

62 — Jardinière semi-circulaire à bord festonné, en ancienne faïence de Rouen à décor polychrome : paysage animé en camaïeu bleu dans un médaillon rocaille, oiseaux, insectes.

63 — Moutardier cylindrique couvert et à anse, en ancienne faïence de Rouen : fleurs polychromes.

64 — Petit seau à rafraîchir en ancienne faïence de Moustiers : écusson armorié et guirlandes émaillés jaune orangé; anses mascarons.

65 — Deux assiettes à bords festonnés en ancienne faïence d'Alcora : guerriers antiques ; dates de 1756 et 1757.

66 — Tasse droite à anse et sa soucoupe en ancienne faïence de Lorraine : personnages polychromes et rinceaux carmin.

67 — Petit pot à lait couvert, à anse, en ancienne faïence de Lorraine polychrome : oiseaux et branches.

68 — Deux jardinières-appliques en ancienne faïence de Rouen : fleurs et insectes polychromes.

69 — Cornet à huit pans en ancienne faïence de Delft : décor chinois en camaïeu bleu.

70 — Tirelire en forme de vase sur piédouche, en ancienne faïence de Delft : paysage animé et fleurs en camaïeu bleu.

71 — Flacon à thé rectangulaire, en ancienne faïence de Delft : paysages chinois et quadrillages en camaïeu bleu.

72 — Pot cylindrique en ancienne faïence allemande émaillée bleu avec la date 1642

73 — Deux pièces en poterie de Satzuma : petit brûle-parfums et petit plateau orné d'une figure de guerrier.

74 — Cruche à panse sphérique en grès gris de Raeren, émaillé bleu et brun, et offrant un portrait équestre de Guillaume III dans un médaillon accosté de rinceaux symétriques.

75 — Pot cylindrique en ancienne terre de Creussen à décor polychrome sur fond brun ; monture en étain avec la date 1696 sur le couvercle.

76 — Pichet à anse en vieux grès français émaillé bleu; couvercle en étain.

77 — Pichet à panse sphérique et à anse, en ancien grès de Raeren : semis de rosaces sur fond bleu avec mascaron sous le bec.

78 — Petit service à thé en grès de Wedgwood émaillé gris à fleurs bleues : il se compose d'une théière, d'un pot à lait, d'un beurrier et d'un sucrier.

PORCELAINES

79 — Sucrier couvert en porcelaine, pâte tendre, à médaillons d'oiseaux réservés sur fond bleu turquoise.

80 — Compotier vieux Chine, famille rose, à fleurs, dans des compartiments radiés.

81 — Autre, à fleurs et dragons en rouge de cuivre.

82 — Deux pièces : compotier et assiette creuse, vieux Japon, bleu, rouge et or.

83 — Deux plateaux ovales finement décorés en émaux de couleurs, de gazelles, d'oiseaux, de crabes et de grandes touffes de plantes.

84 — Plat rond vieux Chine à décor bleu : au fond, des ornements dans une étoile entourée de grecques; au marli, des fleurs et des feuilles alternées, séparées par des montants rayonnants.

85 — Deux pièces : écuelle avec plateau en porcelaine à la Reine et théière en porcelaine de l'Inde.

86 — Plat rond vieux Chine, décoré en émaux de la famille verte, de fleurs de lotus, de poissons et de canards.

87 — Compotier vieux Chine, famille rose, décoré de perdrix, de pivoines et d'une bordure quadrillée.

88 — Compotier vieux Chine, décor à vases, kakemonos et feuilles.

89 — Compotier vieux Chine, à chrysanthèmes et bordure à quadrillages sur fond vert.

90 — Deux pièces en Chine : coupe et couvercle à fleurs en émaux de couleurs.

91 — Pot cylindrique à fleurettes en relief, en ancienne porcelaine blanche de Mennecy, dans une boîte en bois rose.

92 — Coupe ovale à piédouche en porcelaine de Paris, à bouquets de fleurs en des médaillons réservés sur fond rose avec rehauts de dorure.

93 — Figurine de Chinois assis, en porcelaine, décorée en émaux de couleurs.

94 — Groupe, en biscuit, de deux jeunes femmes en costumes Louis XVI.

95-96 — Deux tasses mignonnettes et leurs soucoupes en ancienne porcelaine tendre de Sèvres : bouquets de fleurs polychromes et rehauts de dorure.

97 — Théière mignonnette en ancienne porcelaine tendre blanche de Sèvres à rehauts de dorure.

98-99 — Deux pièces en ancienne porcelaine de Mennecy : pot à lait couvert à anse et pot à crème couvert, à bouquets et jetés de fleurs polychromes.

100 — Quatre pièces en ancienne porcelaine de Saxe : cuillère à saupoudrer, à cuilleron ajouré et manche ornés de jetés de fleurs polychromes, et trois très petites cuillères décorées d'oiseaux et insectes.

101 — Petit pot à lait à anse et sur trois pieds en ancienne porcelaine de Frankenthal : personnages en couleurs.

102 — Verrière oblongue à bords festonnés et anses feuillages en ancienne porcelaine dure : jetés de fleurs polychromes.

103 — Tasse cylindrique et sa soucoupe en ancienne porcelaine de Paris; fabrique à la Reine : guirlandes polychromes et rehauts de dorure.

104 — Cafetière en ancienne porcelaine de Louisburg : scène militaire en camaïeu rose.

105 — Potiche ovoïde couverte en ancienne porcelaine de Chine, famille rose : branches fleuries, oiseaux, insectes et attributs. — Haut., 40 cent.

106 — Écritoire en ancienne porcelaine de Chine, famille rose, à paysages, fleurs et fruits sur fonds vermiculé et bleu.

107 — Trois assiettes en ancienne porcelaine de Chine, famille rose, à branches fleuries, avec lambrequins à fleurs sur fond vermiculé, au marli.

108 — Petite aiguière piriforme à anse, en ancienne porcelaine de Chine, famille rose, à bouquets de fleurs.

109 — Tasse et soucoupe en porcelaine de Chine, l'extérieur émaillé capucin ; à l'intérieur, branches fleuries.

110 — Flacon à thé en ancienne porcelaine du Japon : branches fleuries en bleu, rouge et or; bouchon en cuivre.

111 — Deux lampes formées de potiches en porcelaine de Chine, famille rose, à scènes familières; monture en bronze.

112 — Deux vases piriformes à col évasé en porcelaine de Chine, à décor bleu de branches fleuries.

113 — Deux vases à corps cylindrique en porcelaine décorée de scènes familières chinoises.

OBJETS D'ART VARIÉS

114 — Deux beaux et anciens brûle-parfums de la Chine, en émail peint et émail cloisonné, enrichis de pierres de couleurs; ils sont formés d'une tige, sur base cylindrique, supportant une fleur de lotus sur laquelle est un animal (cheval et éléphant) caparaçonné et portant un petit vase sous une arcade de flammes.

115 — Jolie montre octogonale du xvie siècle, en cuivre doré et argent finement gravé et repercé; elle représente des figures d'enfants, des oiseaux, des rinceaux fleuris. Signée Pierre De Lande, à Paris.

116 — Cinq pièces : boîte à mouches en argent, châtelaine en cuivre et trois pièces de monnaies.

117 — Plaque en émail du xve siècle : la Nativité, provenant d'un baiser de paix.

118 — Plaque de P. Nouilher : Saint Charles Borromée.

119 — Petit coffret du XVIIe siècle, en ambre gravé avec charnières en argent.

120 — Jolie râpe à tabac en buis finement sculpté de l'époque Louis XIV, à figure de saint Nicolas et allégorie, avec mascarons, etc.

121 — Cinq pièces : tabatière en corne, deux cariatides en bois sculpté et deux manches de couteaux en bois.

122 — IVOIRE. Trois anges agenouillés et tenant divers attributs; bas-reliefs sans fond du XVe siècle.

123 — Miniature ovale : Portrait de Marie-Antoinette.

124 — Quatre pièces : bas-relief en albâtre, fragment de verre églomisé et deux peintures religieuses sur parchemin.

125 — Trois pièces : bougeoir en nacre et bronze, œuf en spath fluor et couteau à manche en porcelaine de Saint-Cloud.

126 — Trois pièces : grand verre à pied en Bohême et deux cassolettes-trépieds en étain bronzé et doré.

127 — Deux pièces : un coffret (boîte à thé complète), en bois décoré au vernis de fleurs en couleurs sur fond noir, et ses trois flacons en tôle laquée simulant l'écaille ; une grosse théière d'un décor analogue. Époque Louis XV.

128 — Un volume in-8° : *Hortulus*, texte allemand avec planches, 1522. Reliure de l'époque en parchemin.

129 — Coffret breton du XVIIe siècle, en bois, couvert de figures géométriques et de rosaces gravées ; fermoir en cuivre.

130 — Cinq pièces d'ancien verre de Bohême : bénitier, flacons, petits vases.

131 — Soixante-dix mètres environ de baguette en chêne sculpté, à perles et rubans. Style Louis XVI.

132 — Grand éventail en bois de santal sculpté et ajouré.

133 — Éventail Louis XV à monture d'ivoire ajouré et doré, à attributs pastoraux ; sur la feuille peinte, réserve à scène champêtre à quatre personnages sur fond crème orné de guirlandes de roses.

134 — Éventail Louis XV à monture d'ivoire ajouré, sculpté et peint à sujet de bergerie ; sur la feuille peinte, scène galante dans un parc ; au second plan, amour indiquant l'heure sur un cadran appendu à un arbre.

135 — Pyxide cylindrique à toit conique crucifère, en émail champlevé de Limoges, à rosaces. XIIIe siècle.

136 — Deux instruments de veneurs : scie et hachette en fer gravé avec traces de dorure et à manches d'ivoire. XVIIe siècle.

137 — Figurine de Chinois debout en pierre de lard.

138 — Plat creux en étain : au fond, les armes de Saxe ; au marli, course de rinceaux interrompue par des médaillons à personnages et à armoiries. Allemagne, XVIe siècle.

139 — Cinq pièces en étain : porte-huilier doré, deux mesures, plateau à sujet de chasse gravé et hanap forme casque.

140 — Broche en argent ornée de topazes, jaspe et agate.

141 — Cuillère hollandaise en argent.

142 — Grand pot couvert à anse, en cuivre rouge repoussé à godrons.

143 — Petite lanterne à main en cuivre. XVIIIe siècle.

144 — Masque grotesque indien.

145 — Trois pièces : deux albums japonais et kakemono peints à la main.

146 — Miniature indienne : Cavaliers.

147 — Ancien plan de Paris sous Louis XV ; il est appendu à un fronton de bois sculpté.

148 — Six morceaux de toile peinte.

149 — Six pièces de cristal : deux flacons, quatre verres et plateau.

150 — Lanterne carrée disposée pour le gaz et son bras en fer forgé.

151 — Plaque ovale en émail peint par Jacques Laudin : Saint vu à mi-corps. XVIIe siècle.

152 — Bas-relief rectangulaire exécuté à l'aide d'une feuille d'argent : l'Adoration des rois mages ; il est contenu dans un cadre de bois sculpté, à rinceaux fleuris. XVIIe siècle.

153 — Baiser de paix en cuivre argenté : la Vierge entre saint Pierre et saint Laurent. Encadrement en bronze italien. Fin du XVIe siècle.

154 — Croix en cuivre gravé : sur une face, évangélistes et pélican ; sur l'autre, Christ vu à mi-corps et symboles d'évangélistes. XIVe siècle.

155 — Fragment de vitrail : deux serpents entrelacés sur fond jaune à rinceaux ; inscription allemande à la date de 1508. Allemagne. Commencement du XVIe siècle.

156 — Grand verre de Bohême de forme obconique sur pied élevé.

157 — Deux vitraux en hauteur.

SCULPTURES

158 — Charmante statuette en bois sculpté, peint et doré : Femme debout, les bras étendus, vêtue d'une longue robe. Flandre. Fin du xve siècle.

159 — Petit bénitier-applique en bois sculpté et doré, orné de figures d'enfants en ronde bosse. xviie siècle.

160 — Baromètre-thermomètre Louis XVI, en bois sculpté et doré, à feuillages et rubans.

161 — Cadre Louis XV, en bois sculpté et doré, à feuillages rocaille.

162 — Cadre Louis XVI, en bois sculpté et doré, à rosaces, rubans, oves et rang de perles.

163 — Cadre ovale Louis XVI, en bois sculpté, surmonté d'une rosace et de rubans.

164 — Deux petits cadres Louis XVI, en bois sculpté à feuillages.

165 — Cadre en bois sculpté, ajouré et doré, à feuillages.

166 — Beau cadre Régence, en bois sculpté et doré, à feuillages, enroulements ajourés et quadrillages.

167 — Petite console-applique, en bois sculpté et doré, à feuillages rocaille. xviiie siècle.

168 — Buste en terre cuite, grandeur nature, de Beaumarchais, signé *Gathy, sculpteur*. Époque Louis XVI.

169 — Deux belles statuettes en ivoire : Adam et Ève, signées Xavery, 1671.

170 — Christ en ivoire, sur une croix de bois noir fixée sur un tableau. Cadre en bois sculpté et doré à rinceaux, quadrillages et têtes de chérubins. XVIIe siècle.

171 — Deux petits ivoires japonais, personnages en ronde bosse.

172 — Buste en terre cuite, grandeur nature, d'homme portant le costume des magistrats italiens du XVIIIe siècle.

173 — Petit buste, en pierre lithographique, d'homme de trois quarts à droite. Allemagne, XVIIe siècle.

174 — Fragment de frise en marbre blanc : deux enfants nus en haut-relief, soutenant une épée sur leurs épaules. XVIIIe siècle.

BRONZES D'ART, CUIVRES, FERS

175 — Statuette d'Apollon debout : bronze à patine brune. XVIe siècle. Socle en bois.

176 — Sonnette en bronze à patine noire, décorée de figures de saints personnages et grotesques en bas-relief : sur la bordure, inscription latine et date de 1653. Italie. XVIIe siècle.

177 — Petite chimère en bronze à patine brune. Italie. XVIe siècle. Socle en marbre.

178 — Statuette en bronze à patine brune de femme nue debout, tenant de ses deux mains une large feuille au-dessus de sa tête. XVIIe siècle. Base circulaire en marbre blanc à bucranes et guirlandes.

179 — Bouche de fontaine en bronze, en forme de mascaron tête de faune.

180 — Diptyque composé de deux bas-reliefs rectangulaires, en bronze en partie doré : l'Adoration des Mages, la Déposition de croix. XVIIe siècle.

181 — Chien assis : bronze patine médaille, par Frémiet.

182 — Chien malade : bronze patine médaille, par Frémiet.

183 — Cheval de saltimbanque : bronze patine brune, par Frémiet.

184 — Crapaud en bronze japonais.

185 — Chien de Fô, en bronze du Japon, la patte posée sur une sphère ajourée.

186 — Quatorze gardes de sabres japonais, en fer et bronze, ornées d'insectes et personnages gravés et incrustés.

187 — Statuette du Dieu Mars, debout, casqué, bronze italien du XVIe siècle, à patine noire, provenant d'un chenet.

188 — Figurine d'enfant satyre, jouant de la flûte de Pan. XVIIIe siècle.

189 — Statuette de divinité chinoise, en bronze, assise, les jambes croisées, les mains jointes.

190 — Deux grands chenets de l'époque Louis XIII en cuivre, modèle à boule sur base contournée à volutes, ornée d'un mascaron tête d'enfant.

191 — Grand plat rond de l'époque Louis XIII, en cuivre repoussé ; au fond, une figure de Vénus, encadrée de godrons ; au marli, des oiseaux, des fruits et des rinceaux.

192 — Deux pièces : flambeau à deux lumières, avec plateau porte-mouchettes en cuivre jaune, et mouchettes sur plateau en cuivre argenté. XVIIIe siècle.

193 — Trois pièces : deux petits flambeaux du XVIIIe siècle, en cuivre gravé, et flambeau prismatique en cuivre uni.

194-195 — Deux demi-armures du XVIIe siècle, casque, colletin, cuirasse, brassards, gantelets, cuissards.

196-197 — Deux épées du XVIIe siècle.

198 — Deux hallebardes.

199 — Grand soufflet de style Louis XIII en bois, à fond smillé, décoré d'appliques et d'une fleur de lis en fer repoussé ; le bout de fer est orné de figures et d'ornements.

200 — Bouclier en fonte du XVIIe siècle, offrant une bataille en bas-relief, avec, en haut, une sphère fleurdelisée et deux bandes à figures d'enfants et guirlandes, et, en bas, deux bandes analogues.

201 — Hache, colletin et trousse en fonte.

202 — Pistolet à pierre.

BRONZES D'AMEUBLEMENT

203 — Deux grands candélabres de l'époque Louis XVI, à bouquets de lis supportés par des figurines d'enfants, à patine verte, debout sur des fûts à cannelures rudentées et tores de laurier, élevés sur socles carrés, à perles et feuilles d'eau supportés par des serres d'aigles ; en bronze doré. — Haut., 1 m. 2 cent.

204 — Petite pendule de l'époque Louis XVI en bronze doré, ayant la forme d'un vase cannelé et à deux anses ; le cercle ou cadran, tournant sous le couvercle, est en argent.

205 — Deux petits flambeaux-cassolettes Louis XVI, en forme de vases enguirlandés sur fûts cannelés.

206 — Petit cartel de l'époque Louis XV en bronze ciselé et doré, de forme contournée et d'un élégant modèle à rocailles, godrons et branches de fleurs.

207 — Deux appliques Louis XVI, chacune à trois lumières, modèle à tête de bélier, guirlandes en gaine surmontées d'un brûle-parfums.

208 — Deux petites appliques Louis XIV, à une seule branche, contournée et s'appuyant sur un mascaron.

209 — Deux appliques Louis XV, à deux bras porte-lumières contournés et feuillagés.

210 — Deux flambeaux Louis XIV, en cuivre gravé et argenté.

211 — Grande et belle pendule du temps de Louis XVI, en bronze ciselé et doré, à festons de laurier, fût de colonne et vase. Elle est enrichie d'une figure de femme assise en bronze, et elle repose sur un socle de marbre et un contre-socle en marqueterie de bois de la plus grande finesse d'exécution.

212 — Deux candélabres de style Louis XV en bronze ciselé et doré, à figures d'enfants.

213 — Deux flambeaux balustres en bronze verni.

214 — Lustre de style gothique en bronze, à quatorze lumières disposées par deux sur des branches partant d'un édicule central contenant une statuette de chevalier.

215 — Cartel-applique en bronze : modèle à mufle et peau de lion, et à vase. Mouvement de Darmezin, à Paris. Époque Louis XVI.

216 — Petit cartel-porte-montre en bronze : il se compose d'une colonnette, est accosté d'une statuette de jardinier et contient une montre Louis XIV, en cuivre.

217 — Deux flambeaux balustres courts, en cuivre argenté.

218 — Petit cadre en bronze doré : feuilles et moulures.

219 — Six pièces en bronze provenant d'une commode Louis XV : chutes, entrées de serrures et poignées.

220 — Lustre à quinze lumières, en bronze et cristaux.

221 — Quatre appliques à quatre lumières, analogues au lustre précédent.

222 — Lustre plus petit à neuf lumières, en bronze et cristaux.

223 — Deux flambeaux balustres Louis XIV, en cuivre argenté, décor de coquillages, cuirs découpés et fleurettes.

MEUBLES ANCIENS, GLACES, SIÈGES

224 — Belle console en bois de chêne sculpté de l'époque Louis XIV, à pieds carrés décorés de mascarons et de rosaces et reliés par des traverses feuillagées supportant un vase d'amortissement ; le bandeau à grandes palmes, rinceaux et feuillages, offre, au milieu de la façade, un beau mascaron et des ornements découpés à jour. Tablette en marbre. Ce meuble a été doré récemment. — Haut., 82 cent. ; long., 1 m. 40 cent.

225 — Jolie console à quatre pieds, de forme contournée, en bois sculpté et doré du temps de la Régence et d'une riche ornementation. Tablette en marbre vert de mer bordée d'un quart de rond. — Haut., 82 cent. ; long., 97 cent.

226 — Grande glace de forme octogonale, dans son double encadrement aussi en glace étamée, garnie de couvre-joints, d'appliques et de grands rinceaux en cuivre estampé et doré, parsemés de cabochons en cristal taillé. XVIIe siècle.

227 — Glace étroite en hauteur, de l'époque Louis XVI, dans un cadre en bois sculpté et doré, à guirlande de chêne, couronné d'un médaillon-buste entouré de rubans ondulés, de branches de laurier et de festons de chêne retombant sur les côtés. — Haut., 2 m. 30 cent. ; larg., 88 cent.

228 — Petite glace de l'époque Louis XIII, dans un large cadre en chêne sculpté et doré, à festons de pampre et tore de laurier; elle est surmontée d'un fronton à tête d'enfant ailé, accostée d'oiseaux avec guirlandes et couronnes de fruits et de feuilles. — Haut., 1 m. 5 cent.; larg., 70 cent.

229 — Petit miroir à milieu et encadrement en glaces biseautées, garni d'écoinçons et surmonté d'un fronton en cuivre découpé à rinceaux dorés et figurines d'enfants bronzées. Ces appliques datent de l'époque Louis XIV. — Haut., 95 cent. ; larg., 60 cent.

230 — Glace duchesse cintrée par le haut, dans un cadre en marqueterie de cuivre et d'écaille, enrichi d'appliques de bronze doré. Époque Louis XIV.

231 — Commode de l'époque Louis XVI à pieds cannelés, en bois rose et palissandre, décorée sur la face d'un trophée d'instruments de musique et de deux vases de fleurs en marqueterie de bois. Les côtés offrent les emblèmes de l'amour. Elle est garnie de chutes, d'entrées et d'anneaux de tirage en cuivre. Tablette en marbre. — Long., 1 m. 10 cent.

232 — Beau meuble à hauteur d'appui et à quatre portes, les deux du milieu en ressaut, en marqueterie de bois de violette, richement garni de moulures, de chutes, de mascarons et d'appliques en bronze doré. Les portes sont surmontées de tiroirs. Le couronnement est profilé en scotie. Tablette en marbre griotte. Beau travail de style Louis XVI. — Haut., 1 m. 45 cent. ; long., 1 m. 85 cent.

233 — Grande crédence ancienne en bois sculpté, à deux portes séparées par des niches abritant des personnages.

234 — Bahut Louis XIII, à figures et pilastres.

235 — Grand buffet à quatre portes décorées de corbeilles de fleurs et surmonté d'un fronton à figures d'amours et aigle.

236 — Crédence en chêne à moulures et supportée par des colonnes. Le piétement est moderne.

237 — Médaillier-cabinet décoré de rocailles sculptées.

238 — Petit chiffonnier d'enfant surmonté d'un cylindre.

239 — Quatre chaises Louis XVI à pieds cannelés, peintes en blanc et couvertes en étoffe granitée vert olive.

240 — Grande banquette Louis XVI, peinte en brun et couverte en velours grenat frappé.

241 — Jardinière à quatre faces sur pieds cannelés, en bois de chêne sculpté et peint, de style Louis XVI.

242 — Paravent à quatre feuilles tendues d'ancien velours rouge épinglé, à dessins en relief sur fond crème.

243 — Canapé, deux fauteuils et un grand divan recouverts en soie rouge armure.

244 — Quatre portières, quatre rideaux avec lambrequins de même étoffe et ayant environ cinq mètres de haut, embrasses.

245 — Fauteuil de bureau de l'époque Louis XV, de forme contournée, en bois sculpté et doré, dossier et siège garni de canne dorée ; manchettes en cuir.

246 — Huit fauteuils de l'époque Louis XVI, à dossiers-médaillons peints blanc et recouverts en tapisserie d'Aubusson, du temps, à bouquets de fleurs sur fond blanc avec encadrements de festons et de rubans.

247 — Console Louis XV, en bois sculpté, à cartouches, coquilles et feuillages rocaille ; elle est munie d'un tiroir et repose sur quatre pieds.

248 — Bois de canapé à dossier à triple médaillon orné de fleurettes et de moulures.

249 — Bois de canapé Louis XVI, à moulures.

250 — Meuble de salon de style Louis XV, en noyer sculpté, recouvert d'étoffe bleue brochée à fleurs ; il se compose d'un canapé et de huit fauteuils.

251 — Écran Louis XVI, en acajou, avec feuille en tapisserie au point.

252 — Deux consoles Louis XVI, en bois sculpté et doré, à feuilles, rubans, oves et rangs de perles.

253 — Lit en noyer sculpté ; les dossiers sont recouverts en étoffe rougeâtre à palmettes.

254 — Grand bureau à cylindre, en acajou, muni de nombreux tiroirs intérieurs et extérieurs ; dessus en marbre blanc. Époque du premier Empire.

255 — Deux meubles à hauteur d'appui en noyer sculpté ; ils sont munis chacun d'une porte du XVIe siècle, à figures et grotesques en bas-relief, et d'un tiroir au-dessus de la porte.

256 — Grande cheminée en noyer sculpté, en partie du

XVIIe siècle, ornée de figures, armoiries, grotesques, rinceaux et mascarons en bas-relief.

257 — Bois de fauteuil Régence, sculpté à fleurettes.

258 — Fauteuil de bureau de style Louis XVI, peint en blanc.

259 — Six chaises de salle à manger, recouvertes d'étoffe rayée.

260 — Meuble Louis XIII, à deux corps, en bois sculpté ; le corps inférieur est muni de deux portes séparées par des cariatides ; le corps supérieur comprend un tiroir et un abattant sculpté à rinceaux.

261 — Dressoir en noyer sculpté, avec incrustations de nacre ; il se compose d'un corps supérieur à deux portes et un tiroir, qui repose sur une console à deux colonnettes-balustres et à fond plein.

262 — Cabinet en bois plaqué d'écaille, muni de nombreux tiroirs intérieurs et extérieurs ; il présente un tabernacle central à colonnettes, et est garni de bronzes.

263 — Table à ouvrage en acajou, à un tiroir et dessus de marbre.

264 — Meuble en chêne sculpté : il est muni de trois tiroirs et d'une porte à deux battants avec portes sur les côtés ; il est décoré de figures en ronde bosse et de rinceaux.

265 — Trumeau Louis XV ; il se compose d'une glace surmontée d'une peinture : le Concert.

266 — Trumeau Louis XVI ; il se compose d'une glace surmontée d'une peinture : Danse villageoise.

267 — Buffet à deux corps en noyer sculpté; chaque corps est muni de deux portes pleines ornées de feuillages. XVIIIe siècle.

268 — Fauteuil Louis XIV en noyer sculpté.

269 — Fauteuil en bois peint en blanc, recouvert d'étoffe bleue brochée.

270 — Trois chaises analogues au fauteuil précédent.

271 — Pendule-applique sur socle-console en bois peint en vert, ornée de feuillages, têtes de chérubins, vases de fleurs et balustrade en bronze.

272 — Coffre en bois sculpté à moulures et mascaron.

273 — Bibliothèque à deux portes vitrées avec tiroir inférieur en bois sculpté : cariatides aux angles et entablement à rinceaux.

274 — Coffre à abattant en noyer sculpté : sur l'abattant, le char de Neptune en haut-relief; il repose sur deux statuettes de faunes.

275 — Glace biseautée dans un cadre en acajou sculpté et ajouré à fleurs et feuillages avec les armes de Flandre à la partie supérieure. XVIIIe siècle.

276 — Tabouret de piano recouvert en damas rouge.

TAPISSERIES ET ÉTOFFES

277 — Très belle tapisserie rectangulaire : au centre, un grand écusson armorié, timbré d'une couronne ducale, soutenu par deux cygnes, et posé sous un pavillon;

le tout sur un fond bleu pâle, orné de vues de parcs et de vases de fleurs; bordure claire à entrelacs, pendentifs et coquilles avec les initiales G entrelacées. XVIIe siècle. — Haut., 2 m. 70 cent.; larg., 2 m. 85 cent.

278 — Belle tapisserie rectangulaire: au centre, un grand écusson armorié, timbré d'une couronne ducale et soutenu par deux licornes; il est placé sur un fond jaune clair, avec amours et nymphes en grisaille en bas, et est contenu dans un encadrement architectural avec cornes d'abondance, mascarons et guirlandes de fleurs. XVIIe siècle. — Haut., 3 m. 40 cent.; larg., 2 m. 40 cent.

279 — Belle tapisserie rectangulaire: au centre, un grand écusson armorié, timbré d'une couronne de marquis avec étendards en sautoir et trophées de canons à la partie inférieure; en haut, initiales entrelacées sous une couronne de marquis et entourées de guirlandes de fleurs et de rubans; aux quatre coins, les quartiers de l'écu sont répétés et reliés par des trophées et guirlandes de fleurs; bordure de feuilles d'acanthe. XVIIe siècle. — Haut., 3 m. 20 cent.; larg., 2 m. 60 cent.

280 — Tapisserie rectangulaire en largeur : génie nu sonnant la trompette de la Renommée et tenant une couronne de lauriers; il est assis sur un trophée d'étendards et de cornes d'abondance. Flandres. XVIIe siècle. — Haut., 80 cent.; larg., 1 m. 60 cent.

281 — Tapisserie rectangulaire en largeur : deux génies nus ailés soutiennent un écusson; ils sont appuyés sur des trophées d'armes. XVIIe siècle. — Haut., 80 cent,; larg., 1 m. 60 cent.

282 — Belle tapisserie du XVIIe siècle, représentant la Femme adultère, composition de treize petites figures placée dans un médaillon ovale, en largeur, surmonté d'un riche motif d'ornementation formé de paons et de perroquets au plumage multicolore, de cariatides, de guirlandes de fruits et de rinceaux fleuris symétriques. La bordure se compose de figures allégoriques, d'enfants soutenant des guirlandes de fruits et de beaux ornements; en haut, un petit médaillon représente la Charité. Cette tapisserie a été reproduite dans *l'Art à travers les mœurs,* de HAVARD, et dans *l'Histoire de la tapisserie*, de MÜNTZ. — Haut., 2 m. 35 cent.; larg., 2 m. 5 cent.

283 — Tapisserie rectangulaire : l'Enlèvement d'Europe, composition de trois figures, sur fond verdure. Aubusson. XVIIIe siècle.

284 — Tapisserie rectangulaire : scène religieuse.

285 — Trois pièces : chasuble, étole et manipule, en damas crème à fleurs brochées en or et couleurs. XVIIIe siècle.

286 — Coupe d'ancienne brocatelle à ramages vert sur fond jaune.

287 — Deux coupes de soie jaune avec broderie polychrome. Travail oriental.

288 — Petit tapis persan à dessin régulier sur fond gros bleu; bordure à fond blanc.

289 — Grande tapisserie rectangulaire : Scène biblique à nombreux personnages, sur fond de verdure ; bordure de fleurs. Flandres, XVIIe siècle. — Long., 4 m. 30 cent.; haut., 3 m. 20 cent.

www.ingramcontent.com/pod-product-compliance
Ingram Content Group UK Ltd.
Pitfield, Milton Keynes, MK11 3LW, UK
UKHW021116290826
14628UKWH00014B/2591

9 782329 448596